光のひび

駒田晶子

Komada Akiko

書肆侃侃房

光のひび＊目次

II 33

III —— 67

装幀　毛利一枝

光のひび

I

声

子の髪にこの夏の朝の光あたり耳のうしろに編みこみゆけり

画面には聞きなれぬ声のわれがいる小さな子どもと歌など歌い

鰐の歯のうらおもて長々とみがき夢の外よりわれを呼ぶ声

夜濯ぎ

幼稚園児の母なれば袋掛けされた果実のように過ごせり

だるまさんの尾あったっけ?あったよなぁ?子の尾わたしの尾も揺れながら

スニーカー靴下ハンカチうわさ話、、　夜に濯げばほのかに香る

リビングで水中眼鏡つける子の呟くくらいせかいがくらい

ぬるめ

新聞に挟まっていた不動産広告ちらしで箱作りたり

雨の日のふかい眠りよ茄子トマト胡瓜の枯れた葉の滴りて

店番の不在なり豆腐買えぬまま北川とうふ店閉店す

不定期に休むナカムラ理容室木の鏡台をふたつ並べて

赤黄クリームこげ茶黄緑ビニールの袋の中の木の実が揺れる

六歳はテレビ寄席が好き一歳にちょいとおまいさんなどと呼びかけ

秋鮭に塩こしょう振る夕暮れに仄白い月の鼻のむずむず

日本酒の燗をぬるめと設定し電子レンジの前に立ちおり

鋭角の風

六度目のひとりきりの冬の父である書棚に来ている談春、談四楼

図書館の真向かいに細き川のあり水音は本棚を渡れり

真夜中にクウと甘えた声を出す液晶画面の真白きイルカ

ふりかけの空っぽの袋を振れば鋭角のあたらしき風が吹く

額の星

輪を咬みたるライオンの輪に手をかけて入ってよいという声を待つ

指先の脂っ気少なくなりてビニール袋のなかなか開かぬ

カメラ付きインターフォンの画面には神を勧める女がふたり

立つことを知りはじめたる子はひとり額に星を貼りておとなし

ひとのたね

寒き朝に去りしものあり名前などつけてやらざるままにまた冬

かつてわれの湖を流れて去りたる子よ冬の鏡はいつもつめたい

ラ・フランス　ゼリーに沈み人体の標本のようにつめたくしずか

生まれたいか　わたしの体を貸しましょうか　ちいさく跳ねるひかりに問えり

外は雪　中庭の椿の花の濃き赤を病室から見ている

もちろん禁酒　フリーズドライの甘酒を音たてて銀の匙で掬いぬ

病室の食事トレイに載っているわたしの名前を日に三度見る

ひと切れのパンにバターを、椅子の背に上着を、とおいよ、わたしの日常

病室の廊下側のベッドに棲みおりそう言えばずっと月を見てない

貧しかるわれの土壌にひとのたね埋められて春に芽を出さんとす

泳げぬ魚

イヤホンよりイーグルスの曲青々と流れ病室の夜の浅さよ

病棟の洗面所には栓ゆるき蛇口のありて水滴れり

口にものを入れるとき目の玉の動くわれと知りたり三十六歳

点滴台のほそき樹木を支えとし身籠る人のからからと過ぐ

皿にこつりスプーン当たりぬ寒天に沈むみかんを崩さむとして

横になってテレビを見ればキャスターの顔、芸人の顔の垂直

われの手をわれの手で揉むわれの子の手はいま二センチくらいだろうか

味がうすいぬるい盛りつけがわるい言いつつ病院食たいらげる

カーテンを閉ざして一人ひとりずつ妊婦は胎児を膨らましおり

ベッドの下にコーン落ちたり拾うために伸ばした右手の落ちてしまえり

皿の上のちいさく骨なきひと切れの泳ぎたくても泳げぬ魚

病院に暮らせば人間しか見えず飛ぶもの四つ足のもの恋し

飛ばすための

百日を離れ暮らしぬ　子のふたりまだわれを母として寄りてくる

点滴の針に穴だらけわれの腕と二本の腕をゆるく繋ぎつ

六歳は二歳はたんぽぽの綿毛を飛ばす　飛ばすためのはぐくみ

おかあさんげんきですかと六歳のつよき濃き文字の手紙をたたむ

II

とおいことば

ベッドの上のわたしが、ベッドが、病院がゆれて明かりのすべて消えたり

窓際のベッドの寒さ　院内の医師召集のアナウンスつづく

低き長き地鳴りありまた揺れるなとうすく覚醒して受けいれつ

石燈籠崩れたおれた中庭に梅の花ひらき雪の降りくる

未曾有とう言葉のとおさ　揺れつづくベッドの上でラジオを聞けり

報道のために飛ぶヘリコプターの燃料・電気をわれは惜しみつ

放射能の雨が降るよと伝えくるチェーンメールの青きつらなり

震災ののちの四日目ラジオよりやわらかきピアノ曲の流れて

東北のかたち

帽子マスク眼鏡手袋をつけて自転車で福島を走る父

フクシマと言えば眉根をひそめられ黄の水仙の風に揺るるを

黄のバナナの皮の半分までを剝く簡潔な東北のかたちと思う

二〇一一年　水無月

この朝のひとつのひかり生まれきたる子の濡れている髪がまぶしい

この夏のふくしま

三人の子を連れ福島の空気をすこし浅めに呼吸していつ

仏壇のある家に来てみどり子は見えざるものに両手をあげる

子の声の響かぬプール、公園よ桃だけがあまくおもく熟れつつ

父の住む家のそばには放射能含める汚泥の嵩ばかり増ゆ

もうこんなに伸びている爪　色粘土や砂やわからぬもの挟みこみ

みずからのこぶしを舐めて静かなるみどり子よこの夏がおわるよ

神の子

リビングの隅っこで死んだふりをする七歳までは神の子である

ゼロ歳と三歳の眠る昼すぎにああこんなにも降る鳥の声

ごわり

日常の沼の深さよ子と子と子順繰りに熱の上がる晩秋

さろはんてぷ、と書かるるメモ用紙セロハンテープと書きたかりしか

髪の毛のかたまりごわり階段に女の多き家に棲みおり

手を振る

渋皮のなかなか剝けぬ爪汚しつつ中年期に入りたり

シリコン製スプーンを口に運ぶああ小鳥と呼ぶには大きくなった

甲状腺は蝶や鳥が羽根をひろげたような形

ひとりずつ喉に棲まわせたる鳥のちいさなつばさの見えざる傷よ

卵形のバードコールゆきゅきゅきゅいきゅいつばさ持たねば高く鳴かせつ

液晶のテレビ画面に答えいるわたしか、小さく頭を振りて

くすくすと大きな14は指先の雪を落としてひとりの愉悦

雪の舞うほの暗き朝ふりかえり手を振る人にわれの手を振る

日の浦姫物語

ハム野菜サンドとバナナ豆乳と胃におさめ開場を待ちおり

客席の赤に沈んでプログラムの井上ひさしの躍動を読む

井上ひさしは、カトリックの孤児院で暮らした時期がある

グレゴリオ聖歌にはほそき声ふとき声各々のだいじな十代

判大納言絵詞、信貴山縁起絵巻、春日権現験記

彩色をほどこされたる群衆のひとりひとりに口のあること

空席の目立つ客席を渉りつつ声よき役者が異界へと呼ぶ

説教をしたがる聖、合いの手を入れたがる女三味線を持つ

衣擦れの音か立て膝のまま進む女は不自由そう、いつの世も

紅と白はひとつの枝に咲くニセモノの梅の花の光沢

舞台脇にふたつの電光掲示板セリフは横書きに流されて

双子の兄・稲若と妹・日の浦

いもうとの両足に脚を差しいれてあにの吐息は麝香を帯びつ

前の席の初老の女男（めお）の身じろぎもせずに近親相姦を見る

禁忌を犯す舞台を眺めつつリコラのハーブキャンディー溶かす

ものがたりにいらなくなれば死を与えられてしばらく語らるるのみ

老い人を演じる人の背を丸め足をすり声を甲高くして

隣席の夫は睡眠不足気味くくくくよく笑い漏らせり

赤ん坊、砂金一袋、餅、鏡、手紙を載せたる小舟一艘

舞台には波の音満つわが海の日はまだ高く波かがやきぬ

休憩時間

仙台市イズミティ21大ホールトイレの長い列に並べり

ふくしまと設定されたる幕間の舞台はライトもなく暗いなぁ

本当のわたしってイテテアイテテテテアイデンティティーはイテテさがすな

ひょうふっと弓放たれて放たれたる弓のゆくえを定めずわれは

信心に縦しま横しまの入り夜の勤行の定めがたかり

首を胸を反らし手をのばし腰をゆらし女秘めたるひばりの声す

恋をし、結ばれた人は、十八年前に棄てた実の子だった

真実を打ち消して打ち消して真実を打ち消してああ、虫がよすぎる！

「混乱はわたしたちでおしまいですよ」ほほ笑み合い手を取り合いて消ゆ

むらさきの光満ちたりこころから懺悔をせよと誰かの声す

ひとりひとり小さな罪に思いいたり罪にちいさな灯をともしたり

劇場を出て風強し襟なしのコートに短き首をすくめて

雪のふる町

わが角を隠す毛糸の帽子欲し白やピンクのボンボンつけて

ジャン＝フランソワ・ミレー展三首

中庭に白き物干す女あり顔は見えねど穏やかならむ

あたたかき日差し届きぬ施しを待ちて立ちたる男の頰に

カンヴァスの右下隅の鵞鳥三羽首をのばして鳴いているのか

福島の誰も帰れぬ地に降りる雪はしずかに嵩を増やしぬ

III

箱

家中に折りかけの鶴がおちていて開ききれないゆがんだ翼

ルゴールを塗ってくださいい喉の奥見せたきわれは口を開きぬ

「冷蔵庫冷えなくなったよ」「もう長くつかったもんね」「ただの箱だね」

チャーハンの上にグリンピースあり転がり落ちやすけれど美し

キリストを知らぬ子どもは神さまっているの?と信者の夕ぐれに問う

薬缶みがきみがき上げたる曲線に夜の疲れた君は浮かびぬ

カバー曲ばかりラジオから流れあたらしき歌は疲れやすかり

卵より油したたり十匹のししゃもは網にちいさくなりぬ

若草の妻と呼ばれるときの過ぎあなたもわたしも輪切りされつつ

憂鬱なみどりの糸を励まして天道虫のボタンをつける

照り焼きのソースが指についている舐めてあげるから手をだして

皺のなき樋口一葉訳あってひげ持ち夏目漱石となる

廊下暗し結局だれが悪かった?　呟く声ばかり立っている

諾い

平凡な地方都市なりき福島ってどこだっけ?と東京で聞かれたっけ

力点はオリンピックにもう置かれ天秤の皿の上の東北

ラーメンは喜多方であるちぢれ麺の太めに絡む醤油スープの

未検査より安全です福島産の葡萄梨林檎ひかりを放つ

草を抜き抜いたまま土の上に置く蒸発しやすき時間を思う

小上がりの奥のほうから招かれて藍色の座布団に座りたり

目薬に冷えたる目玉じんじんとナマモノであるわたしのからだ

はいはいとＡＴＭに小さなる諾いの声をかえす媼は

ええそれは便利なほうがいいですとも電燈のひもをカチリとひいて

葬儀社の案内板は辻辻に迷わぬように楷書で立てり

もういいと帰らぬ決意を待つだけの大いなる国という機関あり

三陸産わかめの塩を抜いているもどしたらもう戻れないから

なかなかに引き抜きにくい釘抜けぬままぬけぬけと都市の明るし

冬の朝光度を増してゆく町に除染ののちの土は積まれて

京の夢逢坂の夢東京の夢福島の夢な忘れそ

蜜柑のトリ

エクスクラメーションマークばかりなるこころなき長きメール届きぬ

上を向いて歩けばチャンチキトルネエドニシへヒガシへ音を満たせよ

気だるそうにミのフラットを始点としサックスピアノ重なってゆく

剝きながらタコ生まれたり四歳は蜜柑からヘビをトリを生ましむ

繭玉をお湯に浸せりさわさわと桑の葉を食む音が聞こえる

へそ

われのへそ子のへそわれの母の臍青梅のへそをくるりと回す

青梅を星つまむようにひとつずつ壜の宇宙に浮かべてゆけり

水笛

賢治より年長となるはつなつにわたしの名前を呼ぶ人のある

抱かれたき抱きたき表情の読めず鳥の交尾を画面に見おり

今日わたし誕生日だったパン卵ハムトマト朝にみどりを欠いて

トーストにバターは金色を広げ見えざるものに苦しむわれら

「じゃあおっきなじしんがきたってことにしよう」「わかった」「じしんだ」「じしんだ早く」

さくらのはなでしたね杏の木の下に葉を見上げ問う痩身のひと

みんなもう忘れかけてるとりどりにスカイツリー色をかえてきれいだ

三人の子どもはぬるき湯の中で半透明の水笛を吹く

トラックの荷台に白き船があり高速道路を渉りてゆけり

ひさしぶりに君の名前を呼びながら追いかける忘れ物を握って

極彩色の一本つかむ願い事は（鈴の音）いつも（鈴の音）ひとつ

あい

あじさいを覚えたる子の白ピンク群青むらさき色を指さす

あり、あり、と発音できず一歳のあい、あい、と黒く小さなものを

まっすぐにわたしを保つ筆ペンのわたしの名前の傾かぬよう

涙腺を刺激する絵馬のことばあれど人の祈りは忘れやすくて

色即是空

空港へ向かう仙台アクセスライン車両の床に朝日あかるし

ストローをエスプレッソの筒に挿す仙台駅一階で買いにき

背後から覆ってくるようなみどりだ読経のような蟬の声して

警笛の二回響きぬびりびりと名取の朝に鏄入りたり

陸の駅と空の港とつなぎたるあまり長くない空中の道

目前まで海迫りくる映像のふいに。あの春はさむかった

腕時計銀のネックレスをはずし扉なき枠を右足で越ゆ

バーコードで認識されたる人としてピピッと青く光るはわれか

「あ、飴ちゃん」「新聞も取る？」飛行機の入り口に老婦人は華やぐ

ひざ掛けはいかがでしょうか？ほほ笑みを左右にわけて女通れり

出力を上げて体を震わせて飛行機はいま本気となりぬ

体ふわ浮きたる刹那わあという子どもの声が前から聞こゆ

急角度で空へのぼってゆくときにお邪魔しますと言うべしわれは

前の席の上から横からワーゲンの赤いミニカーと小さな右手

子は三人いますす留守番していますコンソメスープの熱々を飲む

大柄の老紳士はテーブルの上の週刊誌の袋とじ開けてゆく

グラビアの裸体盗み見つかがやきを愛でいる人の席の隣に

性欲はあおぞらのなか老い人と並んで色即是空渡りぬ

窓際のちいさき窓より飛行機の右の翼の一部分見ゆ

AKBEXILEKARA イヤホンを座席肘かけに差しこめば

くものうみの波間より切れ切れに見える暮らしのひとつひとつの大事

雨の線左下から右上へもう迷わずに降りゆく機体

目的地は雨、 空港も空港に働く人も等しく濡らす

アナウンス日本語から英語にかわり聞きながらシートベルトを外す

八月の眼

トロンボーンの伸びゆく足に絡みつくホルンのよろこぶ声はずむ息

ひとつひとつ額はひかり憲法を作らむと寄せあいたまいしか

目鼻口くりぬかれたるマスクして湯に沈むもう若くはなくて

素麺にオクラの星を放ちたり八月は目を瞑ってばかり

もっともっと

一袋三百七十八円の秘密を買いぬ黒く光れり

赤を切るザルにざざりと落ちる栗、窓を鳴らして過ぎてゆく風

包丁の根元をあてる左手で動かぬように頭を押さえ

体重をかけながら刃を圧してゆく受け入れられて息の漏れたり

「ねえこのくりたべてもいいの？」「まだだめよ」「たべられるようにはやく
やってよ」

堅き殻少しずつ剝ぐ申し訳なしと思えるときは短し

渋皮も刃に引っかけて剝く剝けばもっともっとと声が聞こえる

虫も食わぬ栗ばかりなり政治家の子供ばかりが政治家になる

栗甘しわたしはちいさなお茶碗にあかるきものばかりよそいたし

あかるさを望む気持ちは後ろめたく外にちいさな雨の音する

日々の痣

打ちよせて引いてゆく波耳元の携帯電話より届きたり

浅瀬にはまだ眠りいるわれひとり置き去りにして体を起こす

靴下はいつも右から右足をあげて毎朝ひかりを招く

朝のひかりベランダに庭に撒くように雀は高き声をこぼしぬ

解凍の未完の竹輪ほそき身は胡瓜のあおを受け入れはじむ

新聞に〈また〉と書かれつ汚染水漏れなどはもうめずらしくない

柘植櫛の先に分けられてゆく髪の未来は選べないものですか

階段を踏みはずし腰から落ちたわたしのからだ焦げてしまえり

「おかあしゃんないてるねぇ」泣いている顔を子の顔にぐっと近づけてやる

レントゲン撮るため両手で両足を包みたり膝は火薬のにおい

われの裏、右側面の骨しろく浮かびぬシャーカッセンの光に

薬局は老い人多し大声で天気のはなしをする薬剤師

口中に水を湛えてロキソニン銀貨のようにほたりと落とす

肉まんを割ればたち昇りくる湯気の消ゆるまで見つ口あけて見つ

福島の林檎の皮のつやつやと箱にありひとつずつ刃をあてる

加湿器の給水ランプ点滅すわたしのふくしまはいつ冷える

二〇一三年晩秋　福島の実家の除染作業完了

実家の庭お隣の庭そのとなりの・・青いビニールに覆わるる土

あたらしく敷きつめられたる土であるまだ雑草の種も招かず

振りかえり振りかえりもう振りむかぬ黒猫のしっぽだけ残りたり

だいじょうぶ大丈夫と聞き言いあいて問いたきことは腹に沈めつ

逃げてった帰ってきた地震ののちに鋳われてゆくわれのふるさと

春の花あふれるように描かれたる箱よりティッシュを咲かせてゆきぬ

おかあさん聞いて見てみてかしましき午後をまぶしく振りかえるだろう

九歳はテーブルでローマ字を学ぶアルファベットを甘嚙みしつつ

子の下着ばかりを畳む三人の子あれば三つの異なるサイズ

人参の皮ピーラーで剝いてゆく恥ずかしさもうわれに兆さず

夢を見ているのかどんこつややかな身のうらおもて水に浮かべて

八丁みそ仙台みそ今日の夕焼けを溶きあわす缶のビールを冷やし

よせ鍋に口を開かぬ貝がありどこの海からきた貝ですか

浴室を湯気で満たしぬ浴槽に黄色の親子のあひる待たせて

太ももと臀部のあたらしき痣を見るために首を鏡に向ける

メレンゲの角立つようなやさしさに子の両乳のやや明るめり

スイッチを押して電気を消すときにだれかの薄き手の重なれり

子に歌う駱駝は背中を光らせて月の砂漠へ帰りゆきたり

黒麦酒

宮城県立美術館

小太りの馬に小太りのおじさんが跨ってわれら五人を待てり

ミュシャ展五首

みちのくのまだ固き春アルフォンス・ミュシャ展に人の長き列なり

九歳は春がいちばんくらいねと百年前の四季と向き合う

二センチのオパールは金の細腕に抱かれ百年越えるうたた寝

祈らむと薄きまぶたを閉じている青年と目を合わせたかりき

クリスタルカットガラスのゴブレット祖国とは酌みつくせぬ光

池の面は少し厚めに凍りたり片足のせて子は爆笑す

紫のラナンキュラスの花びらをうつむきながら拾う四歳

喉痛し黒きビールとウィルキンソンジンジャーエールを割って飲み干せ

もうそろそろ髪を切ったらどうですかパン屋の主に言われておりぬ

ふくのしま

てのひらのアオドウガネの前羽をこじ開けて後ろ羽を取りだす

藪椿風に応えて実をゆらす何も持たざる空の広がり

十代の頃

牛乳は福ちゃん牛乳しか知らず盆地は雪に包まれゆけり

身をのばし鳴く白鳥の声ありき阿武隈川の親水公園

二〇一一年三月十一日以降

吾妻山ゆきのうさぎを抱く前に見えざるものの町を統べけむ

ふくのしま花も実もある平凡なふるさとともう誰も笑えず

蓮華草摘んで編んで摘んで編んで摘んで鎖のまだまだ続く

あとがき

「ここから福島原発まで、百キロないんだぞ〜。お前ら、わかってんのか?」

　今から二十年以上前、高校の倫理の教師が、授業中に突然言った。黒板にチョークで福島県のかたちを大雑把に描き、沿岸地域に点を打ち、その部分を中心にぐるり、ぐるりと放射線状に〇で囲んでゆく。たった六十キロしかないんだぞ、という言葉をぼんやりと聞いていた。その前後は、まったく覚えていない。

　あの授業から二十年近く経って、東日本大震災、そして福島原発での事故があった。あぁ、先生が言っていたのは、このことだったんだ、やっとわかった、と自分の左側から日の光が差していた教室を、わたしは思い出していた。

『光のひび』は、二〇〇九年から二〇一五年までの作品を収めました。〈ひび〉は、〈日々〉でも〈罅〉でも。こぼれてくる光を、光のようなことばを、掬いとりたい、と願います。

いつも御指導くださる佐佐木幸綱先生、あたたかな「心の花」の先輩と仲間たちに、深く感謝申し上げます。

書肆侃侃房の田島安江さんと出会わなければ、この一冊はありませんでした。パワフルな田島さん、たくさんのアドバイスをありがとうございました。

歌を詠んでゆけること、読んでくれる人がいることのしあわせに、心から感謝します。

二〇一五年九月

駒田晶子

■著者略歴

駒田 晶子（こまだ・あきこ）

1974年5月、福島県福島市生まれ。
桐朋学園大学短期大学部芸術科音楽専攻卒業。
第49回角川短歌賞受賞。
『銀河の水』（ながらみ書房）により現代歌人協会賞、
ながらみ書房出版賞、宮城県芸術選奨新人賞を受賞。
仙台市在住。
「心の花」所属。

「現代歌人シリーズ」ホームページ　http://www.shintanka.com/gendai

現代歌人シリーズ7
光のひび

二〇一五年十一月二十六日　第一刷発行

著者　駒田 晶子
発行者　田島 安江
発行所　書肆侃侃房（しょしかんかんぼう）
〒八一〇・〇〇四一
福岡市中央区大名二・八・十八・五〇一
（システムクリエート内）
TEL：〇九二・七三五・二八〇二
FAX：〇九二・七三五・二七九二
http://www.kankanbou.com　info@kankanbou.com

DTP　黒木 留実（書肆侃侃房）
印刷・製本　アロー印刷株式会社

ISBN978-4-86385-204-4　C0092